COLLECTION

DE

Mᵉˡˡᵉ SARAZIN de BELMONT

TABLEAUX

DESSINS, CROQUIS ET GRAVURES

VENTE

Les Lundi 2 et Mardi 3 Mai 1859.

Mᵉ DELBERGUE-CORMONT, Commissaire-Priseur.

M. THÉRET Père, Expert.

CATALOGUE

D'ENVIRON

240 TABLEAUX

DESSINS, CROQUIS

Par Mlle SARAZIN DE BELMONT

GRAVURES, LITHOGRAPHIES

ET LIVRES

On remarquera principalement dans cette collection
les sites les plus pittoresques pris sur nature en Italie, en Sicile
des Hautes-Pyrénées et de Biarritz

DONT LA VENTE AURA LIEU

HOTEL DES COMMISSAIRES-PRISEURS

RUE DROUOT, N° 5

SALLE N° 3, AU 1er,

Les Lundi 2 et Mardi 3 Mai 1859

Par le ministère de Me DELBERGUE-CORMONT, Commissaire-Priseur,
rue de Provence, 8,

Assisté de M. THÉRET père, Expert, rue des Saints-Pères, 40

EXPOSITION PARTICULIÈRE	EXPOSITION PUBLIQUE
Le Samedi 30 Avril 1859, de midi à cinq heures.	Le Dimanche 1er Mai, de midi à cinq heures.

1859

CONDITIONS DE LA VENTE

Elle sera faite au comptant.

Les acquéreurs paieront en sus du prix d'adjudication cinq centimes par franc applicables aux frais.

Depuis Claude Lorrain et Gaspar Poussin, l'Italie a été la patrie adoptive de nos grands paysagistes. Comme ces maîtres, Mlle Sarazin de Belmont a pu faire dire d'elle qu'elle était plus Romaine que Française par ses sujets de prédilection et par son style. On a pu même, pendant sa longue absence, lui reprocher d'avoir trop négligé nos expositions nationales, au risque de se laisser oublier.... si un talent tel que le sien était de ceux qu'on oublie. L'exposition de cette année et la collection dont nous offrons le Catalogue aux amateurs viennent répondre à ce reproche de ses amis. Cette collection se partage en deux séries distinctes : la première, plus importante par la dimension des toiles que par le nombre, consiste en sept tableaux, dont un seul est un sujet d'Italie (le théâtre de Taormina, Sicile), et les six autres sont des vues des Pyrénées. On y reconnaît tout d'abord que Mlle Sarazin de Belmont, qui porte partout avec elle les secrets de son art, n'a pas moins bien compris et rendu

le paysage pyrénéen que le paysage italien. La seconde
série, qui consiste en cent cinquante tableaux, compose un
ensemble plus considérable et plus complet dans son genre.
— C'est encore l'Italie, l'Italie monumentale et pittoresque,
l'Italie des artistes et des poëtes, en un mot, qu'on retrouve
dans cette suite de petits chefs-d'œuvre qui attestent moins
la facilité du pinceau et la constance du travail que cette
inspiration et cet amour de l'art, sans lesquels le travail et
la facilité restent froids ou stériles. L'Italie, exploitée aussi
par tant de peintres vulgaires, a ses lieux communs, classi-
ques ou romantiques, son ciel de convention, ses jours d'un
éclat factice, ses clairs de lune monotones. Cette prosaïque
Italie n'est pas celle qui a fourni à Mlle Sarazin de Belmont
les cent cinquante tableaux où nous apparaît, dans l'iné-
puisable variété de ses aspects, tantôt l'Italie des ruines an-
tiques, tantôt l'Italie des architectes modernes, toujours
l'Italie pleine de vie, belle de puissance ou de grâce, telle
que la rêve l'imagination, telle qu'elle est réellement quand
on la voit avec les yeux du véritable artiste. Dans la moindre
des toiles où Mlle Sarazin de Belmont a reproduit soit un
paysage complet, soit un simple détail ou un trait saillant,
l'air circule, la vie se manifeste, ici calme et en harmonie
avec la mélancolie d'une solitude; là, toute resplendissante
de cette lumière qui est spéciale aux horizons d'Italie. C'est
à croire que, par quelque procédé magique, Mlle S. de Belmont a su fondre avec les couleurs de sa palette, un de ces
rayons d'or céleste dont s'imprègnent les pierres même

de cette terre privilégiée, aussi bien que les éternelles beautés de la nature animée, ces montagnes qui revêtent toutes les nuances de l'arc-en-ciel, ces croupes boisées, ces grandes lignes des vastes plaines, ces lacs, ces torrents, ces cascades, et tous les accidents enfin du paysage italien.

Parmi les cent cinquante sujets de la collection de Mlle S. de Belmont, quelques-uns, peints pour la première fois, ont été en quelque sorte découverts par elle ; mais ceux-là même qui rappelleront des sites ou des monuments déjà traités par les maîtres, ne font que mieux ressortir l'originalité de l'artiste, parce que, plus qu'aucun des maîtres qui l'ont précédée, Mlle S. de Belmont a vécu dans l'intimité de la nature d'Italie ; — plus qu'aucun, elle s'est identifiée non-seulement avec toutes ses formes extérieures, mais encore avec son âme même. Et voilà comment, mieux qu'aucun des paysagistes qui font école, Mlle S. de Belmont a pu joindre, dans ses plus petites comme dans ses plus larges toiles, l'exactitude de la réalité et la poésie de l'idéal. C'est sous l'impression du charme avec lequel nous avons contemplé cette collection unique que nous essayons d'exprimer notre sincère enthousiasme. Tous ceux qui pourront la voir avant qu'elle ne soit dispersée, l'éprouveront comme nous, e regretteront, comme nous, qu'il ne soit pas mieux exprimé

AMÉDÉE PICHOT.

DÉSIGNATION

DES

TABLEAUX

1 — Vue du théâtre de Taormina en Sicile. (Clair de lune.)

2 — Vue prise à Gavarnie (Haute-Pyrénées); on y voit une partie du cirque.

3 — Vue du Chaos de Gavarnie; on y aperçoit le Taillon et la brèche de Roland.

4 — Vue du Pont d'Espagne, au-dessus de Cauteretz (Hautes-Pyrénées).

5 — Vue du Port-Vieux, à Biaritz (Basses-Pyrénées).

6 — Vue prise dans la vallée de Luchon (Haute-Garonne); on y aperçoit le port de Venasque et la Pique.

7 — Vue de la chapelle de Pietas, près Saint-Savin, vallée d'Argelès (Hautes-Pyrénées).

8 — Petite étude d'eau d'un ancien maître.

PETITES PEINTURES FAITES D'APRÈS NATURE

SUR TAFFETAS.

9 — Vue du lac de Nemi.

10 — Vue de Terracine.

11 — Vue du campanille de Saint-Paul, à Albano.

12 — Vue du lac d'Albano et de Monte-Cavo.

13 — Vue prise à Marino.
14 — Vue prise à Ninfea.
15 — Entrée de l'anio dans la grotte de Neptune, à Tivoli.
16 — Villa d'Est, à Tivoli.
17 — Vue de Subiaco.
18 — Vue des grandes cascatelles, à Tivoli.
19 — Vue des petites cascatelles, à Tivoli.
20 — Vue de Tivoli et de la grande chute.
21 — Cascade et la grotte de Neptune, et cascade du Bernin, à Tivoli.
22 — Vue générale de Tivoli.
23 — Vue du temple de Vesta et du temple de la Sybille, à Tivoli.
24 — Vue d'Olevano et du casin des peintres.
25 — Madonna à Subiaco.
26 — Vue prise à Ninfea.
27 — Vue de l'antique Nozba, près Norma.
28 — Château de Tivoli.
29 — Vue de Rocca-Giovine, Val Ustica.
30 — Vue de Santa-Scolastica, à Subiaco.
31 — Porte de Norba, près Norma.
32 — Vue prise à Tivoli.
33 — Porte degli Archi, près Tivoli.
34 — Vue prise à Olevano.
35 — Vue d'Olevano.
36 — Ermitage de San-Antonio, à Tivoli.
37 — Vue des Monticelli, à Tivoli.
38 — Vue de Terracina.
39 — Vue de San-Cosimato, près Vicovaro.
40 — Vue prise à Subiaco.
41 — Ponte-Lucano, à Tivoli.
42 — Vue de Tivoli, prise de la Via Valeria.
43 — Grande chute à Tivoli.
44 — Vue prise sur le Soracte.

45 — Vue de Spoletto.
46 — Vue de l'Arc de Titus, à Rome.
47 — Porte Camolia, à Sienne.
48 — Vue de Velletri.
49 — Vue de Terracine.
50 — Vue de Santa-Marina, à Ardea.
51 — Cyprès alla villa Millini, près Rome.
52 — San-Dominico, à Sienne.
53 — Vue prise près Piperno.
54 — Vue de Volterra Toscana.
55 — Vue d'Ardea.
56 — Porta Romana, à Sienne.
57 — Vue de Sienne, prise hors la porte Brandi.
58 — Vue de Florence, prise de la Petraja.
59 — Ponte Felice, près Boghetto.
60 — Vue des Monts Lepini, près Velletri.
61 — Vue de Velletri.
62 — Vue du Vésuve, à Naples.
63 — Vue prise au sommet du Soracte.
64 — Vue prise à Dollen, près Bade.
65 — Vue du Casin de Greci, à Tivoli.
66 — Vue de Rocca di Papa.
67 — Vue de Genzano.
68 — Vue prise de la villa Millini, près Rome.
69 — Vue du pont de Genzano.
70 — Vue du palais des Césars, à Rome.
71 — Vue prise de la villa Pamphili, près Rome.
72 — Vue de Bade-Bade.
73 — Vue de Vico-Varo.
74 — Vue prise à Sienne.
75 — Vue prise à Rome.
76 — San Dominico, à Sienne.
77 — Vue de Galloro, près l'Ariccia.
78 — Vue du pont Pio, à l'Ariccia.

79 — Petite chapelle Saint-Michel, sous Nemi.

80 — Alvernia, ruines du château Orlando, ami de saint François d'Assises.

81 — Porte de Diane, de l'ancienne ville étrusque, à Volterre.

82 — Porte de l'Arco étrusque, à Volterre.

83 — Fontaine Sdrucciolo du xiiie siècle, à Volterre.

84 — Citadelle de Volterre.

85 — Terracina. Vue d'une partie de la ville haute et du mont Circeo.

86 — Grotte de Neptune, intérieur, à Tivoli.

87 — Citadelle de Sermonette.

88 — Vue prise à Olevano.

89 — Château de Genazzano, appartenant aux Colonna.

90 — Citadelle de Sermonette.

91 — Lac de Como.

92 — Vue prise à Sermonette.

93 — Lac de Como.

94 — Lac de Come, à Varennes.

95 — Vue de Terracina (ville haute), et des Marais-Pontins.

96 — Vue de Terracina.

97 — Vue du grand palais, à Terracina.

98 — Saint-Dominique, à Terracine.

99 — Tour grégorienne, à Terracina.

100 — Vue du lac de Nemi.

101 — Madone del Rappello, près Nemi.

102 — Vue de Marino.

103 — Émissaire du lac d'Albano.

104 — Sortie des eaux du lac d'Albano, de la montagne d'Albano.

105 — Via Appia.

106 — Lac d'Albano.

107 — Pont Nomentano.

108 — Pont Nomentano.
109 — Tombeau des Horace, à Albano.
110 — Vue prise à Castello.
111 — Villa Barberini, à Castello Nimphée.
112 —   Id.
113 — Château Chisi, à l'Ariccia.
114 — Vue prise de Monte-Parto.
115 —   Id.
116 —   Id.
117 —   Id.
118 — Vue prise à Lumghezza.
119 —   Id.
120 — Madona del Sasso, à Bibiena.
121 — Camaldules du Casentino.
122 — Borgo S. Sepolcro.
123 —   Id.
124 — Entrée de l'Alvernia.
125 — Pont sur le Tibre, près Borgo S. Sepolcro.
126 — Vue de S. Giminiano.
127 — Porte de S. Giminiano.
128 — Château d'Assise.
129 — Vue de la porte de Selci, à Volterre.
130 — Vue de S. Fortunato, à Todi.
131 — Temple de Mars, à Todi.
132 — Vue de S. Bernardino, à Orte.
133 — Entrée d'Orte.
134 — S. Miniato, à Florence.
135 — Villa Chigi.
136 — Mola de l'Isola Farnese.
137 — Isola Farnese.
138 — Pont de Civita-Castellana.
139 — Soracte.
140 — S. Lucia Soracte.
141 — Borghetto.

Huit portefeuilles renfermant 554 croquis et dessins faits en Suisse, en Italie et en Sicile.

PREMIER CARTON

CONTENANT TRENTE-CINQ CROQUIS (DE PETITES DIMENSIONS) DIVISÉS EN TROIS PARTIES.

DEUXIÈME CARTON

CONTENANT SOIXANTE-DOUZE GRANDS CROQUIS, DEPUIS TURIN JUSQU'A
ROME, DIVISÉS EN ONZE PARTIES.

162 — Turin et Gênes	7	pièces.	
163 — Gênes et Pise	7	id.	
164 — Papigno, près Terni	7	id.	
165 — Papigno pié di Luco	8	id.	
166 — Narni	5	id.	
167 — Narni. (Suite.)	5	id.	
168 — Civita-Castellana	6	id.	
169 — Civita-Castellana. (Suite.)	6	id.	
170 — Nepi	5	id.	
171 — Rome	8	id.	
172 — Rome	8	id.	

TROISIÈME CARTON

RENFERMANT QUATRE-VINGT-DIX GRANDS CROQUIS DE MONTE-ALBANO
ET CORI.

173 — Frascati	7	pièces.	
174 — Id.	7	id.	
175 — Id.	7	id.	
176 — Id.	7	id.	
177 — Id.	7	id.	
178 — Grotta Ferrata	6	id.	
179 — Monte-Cavo	5	id.	
180 — Albano	8	id.	
181 — L'Ariccia	9	id.	
182 — Lac de Nemi	7	id.	
183 — Id.	6	id.	
184 — Id.	7	id.	
185 — Cora	7	id.	

QUATRIÈME CARTON

CONTENANT QUATRE-VINGT-TROIS GRANDS CROQUIS . TIVOLI, SUBIACO,
FROSINONE.

186 —	Tivoli..........................	7	pièces.
187 —	Id.............	7	id.
188 —	Id...	8	id.
189 —	Villa Adriana, route de Subiaco.....	8	id.
190 —	Vicovaro......................	8	id.
191 —	Id.......................	8	id.
192 —	Subiaco......	6	id.
193 —	Id..................	6	id.
194 —	Id..................	6	id.
195 —	Olevano......................	8	id.
196 —	Palestrina....................	5	id.
197 —	Frosinone.....................	6	id.

CINQUIÈME CARTON

CONTENANT QUARANTE-SEPT GRANDS CROQUIS : ISOLA DI SORA,
NAPLES, ISCHIA.

198 —	Isola di Sora...................	6	pièces.
199 —	Arpino.....	5	id.
200 —	Naples.......'.	7	id.
201 —	Id........	6	id.
202 —	Id.................	7	id.
203 —	Ischia.......'	8	id.
204 —	Id.....................	8	id.

SIXIÈME CARTON

CONTENANT QUATRE-VINGTS GRANDS CROQUIS : POMPÉI, CASTELLAMARE,
SORRENTO, SALERNO, CALABRIA.

205 — Pompéi	6	pièces.
206 — Gragnano	6	id.
207 — Environs	6	id.
208 — S. Angelo, sur Castellamare	5	id.
209 — Castellamare	7	id.
210 — Sorento	6	id.
211 — Vietri	6	id.
212 — Id	7	id.
213 — Salerno	6	id.
214 — Id	8	id.
215 — Calabre	8	id.
216 — Id	9	id.

SEPTIÈME CARTON

CONTENANT SOIXANTE-ONZE GRANDS CROQUIS : CAVA.

217 — Cava	8	pièces
218 — Id	6	id.
219 — Id	6	id.
220 — Id	6	id.
221 — Id	7	id.
222 — Id	6	id.
223 — Id	5	id.
224 — Id	6	id.
225 — Id	7	id.
226 — Id	7	id.
227 — Id	7	id.

HUITIÈME CARTON

CONTENANT SOIXANTE-SEIZE GRANDS CROQUIS : SICILE.

228 — Messine	7	pièces.
229 — Route de Taormina	8	id.
230 — Environs el Taormina	8	id.
231 — Route de Taormina à Palerme	6	id.
232 — Palerme	5	id.
233 — Segeste	5	id.
234 — Mont Erix	5	id.
235 — Selinunte	7	id.
236 — Agrigente	7	id.
237 — Syracusa	6	id.
238 — Id.	6	id.
239 — Catania	6	id.

On vendra ensuite une certaine quantité de gravures, lithographies, livres, etc.

RENOU et MAULDE, imprimeurs de la Compagnie des Commissaires-Priseurs, rue de Rivoli 144. 2443